AF355767

VENTE DU MARDI 11 MAI 1897

HOTEL DROUOT, SALLE N° 7

à deux heures

OBJETS DE VITRINE

ET

DE CURIOSITÉ

ORFÈVRERIE, MONTRES

Bijoux ornés de stras et autres

PORCELAINES ET FAIENCES

OBJETS VARIÉS, BRONZES, MEUBLES

EXPOSITION PUBLIQUE

LE LUNDI 10 MAI 1897

DE 1 HEURE 1/2 A 5 HEURES 1/2

COMMISSAIRE-PRISEUR	EXPERTS
Me PAUL CHEVALLIER	MM. MANNHEIM Père et Fils
10, rue de la Grange-Batelière, 10	7, rue Saint-Georges, 7

412

DÉSIGNATION DES OBJETS

ORFÈVRERIE

1 — Petite cafetière en argent, à côtes en spirale, vieux Paris, époque Louis XVI, avec couvercle dans le même style.

2 — Sucrier en argent, avec six cuillers également en argent. Travail allemand du XVIIIe siècle.

3 — Petite coupe porte-cuillers en argent. Travail allemand, XVIIIe siècle.

4 — Coupe porte-cuillers en argent. Travail allemand.

5 — Pot à eau en argent, à motifs rocaille et fleurs. Travail hollandais.

6 — Écuelle, avec couvercle en argent, à décor de lauriers ; bouton de couvercle en forme d'oiseau. Italie, XVIIIe siècle.

7 — Douze couteaux à dessert, à manches de nacre garnis d'argent doré. Commencement du XIXe siècle.

8 — Douze couteaux Louis XVI, manches de nacre et lames d'acier.

9 — Grand plateau de surtout Louis XVI, en argent ; fond rapporté en métal blanc guilloché.

IMPRIMERIE DES ARTS

CONDITIONS DE LA VENTE

Elle sera faite au comptant.

Les acquéreurs paieront *cinq pour cent* en sus des adjudications.

L'exposition mettant le public à même de se rendre compte de l'état et de la nature des objets, il ne sera admis aucune réclamation une fois l'adjudication prononcée.

Paris. — Imp. de l'Art, E. Moreau et Cie, 41, rue de la Victoire.

DÉSIGNATION DES OBJETS

ORFÈVRERIE

1 — Petite cafetière en argent, à côtes en spirale, vieux Paris, époque Louis XVI, avec couvercle dans le même style.

2 — Sucrier en argent, avec six cuillers également en argent. Travail allemand du XVIIIe siècle.

3 — Petite coupe porte-cuillers en argent. Travail allemand, XVIIIe siècle.

4 — Coupe porte-cuillers en argent. Travail allemand.

5 — Pot à eau en argent, à motifs rocaille et fleurs. Travail hollandais.

6 — Écuelle, avec couvercle en argent, à décor de lauriers ; bouton de couvercle en forme d'oiseau. Italie, XVIIIe siècle.

7 — Douze couteaux à dessert, à manches de nacre garnis d'argent doré. Commencement du XIXe siècle.

8 — Douze couteaux Louis XVI, manches de nacre et lames d'acier.

9 — Grand plateau de surtout Louis XVI, en argent ; fond rapporté en métal blanc guilloché.

10 — Bassin en argent, doré intérieurement, de style Louis XV.

11 — Aiguière en cristal monté argent, de style Louis XV.

12 — Poêlon en argent.

13 — Boîte ovale en argent. Travail anglais.

14 — Fourchette en argent terminée par un pied de biche de style antique.

15 — Sept fourchettes à huîtres en argent.

BIJOUX, OBJETS DE VITRINE

16 — Montre Louis XVI, en or émaillé, à décor d'étoiles sur fond bleu, de *Vauchez, à Paris.*

17 — Petite montre Louis XVI, en or : fleurs sur fond émaillé bleu.

18 — Petite montre Louis XVI, en or de couleur : vase de fleurs.

19 — Montre Louis XVI, en or émaillé, à sujet de sacrifice, avec châtelaine, en or émaillé, de même style.

20 — Montre Louis XVI, en or émaillé : amour; avec châtelaine en or émaillé présentant deux enfants jouant aux bulles de savon.

21 — Bijou-pendentif en filigrane d'argent, orné de deux petits émaux Louis XIII : Judith, Vénus.

22 — Broche-pendentif ovale ornée d'une miniature : allégorie
de l'Été ; encadrement de jargons et de rubis.

23 — Deux croix, l'une en verre bleu monté argent et petites
perles ; l'autre, du XVIIIe siècle, pavée de stras montés or
et argent.

24 — Croix formée de jacinthes montées or.

25 — Croix formée de gros jargons montés or et argent.

26 — Broche ovale en stras, du XVIIIe siècle, contenant une
miniature : sujet champêtre, de style Louis XV.

27 — Broche Louis XVI, en forme de harpe, en or émaillé.

28 — Parure : croix et boucles d'oreilles en argent émaillé
et doré, à décor de fleurettes, enrichies de turquoises et
petites perles.

29 — Deux fermoirs de bracelets Louis XV, miniatures,
portraits, montées stras.

30 — Parure : pendentif et boucles d'oreilles, formées de
petits émaux Louis XIII, entourage de roses, émeraudes
et rubis montés or et argent.

31 — Chapelet, grenat et filigrane d'argent.

32 — Médaillon-pendentif, émail, à sujet de sacrifice, avec
encadrement de chrysolithes. Époque Louis XVI.

33 — Pendant de cou, simulant des fleurs, en marcassite, du
XVIIIe siècle, contenant un émail de style Louis XV, à
sujet galant.

34 — Médaillon en ivoire sculpté, vase de fleurs, entourage
d'acier et de stras. XVIIIe siècle.

35 — Médaillon émaillé : tête de femme, entourage de stras et argent.

36 — Pendant de cou, camée agate : tête de femme, monté argent émaillé et émeraudes.

37 — Deux petits bijoux-pendentifs, en forme de corbeilles, en or et petites perles. Travail italien, xviiie siècle.

38 — Paire de boucles d'oreilles, miniatures, bergères, encadrées de stras et montées argent.

39 — Paire de boucles d'oreilles, ornées de petits bas-reliefs en ivoire : têtes d'amours ; monture or et petites perles.

40 — Paire de boucles d'oreilles, miniatures, amours, montées en or de couleur.

41 — Paire de boucles d'oreilles en filigrane d'or et petites perles, de forme allongée. Travail italien, xviiie siècle.

42 — Paire de boucles d'oreilles en or et petites perles à lambrequins. Style Louis XVI.

43 — Collier formé de coques de perles et caillou du Rhin, montés argent. xviiie siècle.

44 — Agrafe de manteau formée de deux émaux Louis XVI : papillons, montée argent.

45 — Agrafe de manteau formée de deux plaques d'agate onyx, montée argent avec turquoises et grenats.

46 — Deux pièces : cachet en agate, tête de nègre, montée argent doré avec intaille d'agate : Vulcain, et cachet-breloque, tête de nègre, en labrador, monté en argent et or.

47 — Deux cachets-breloques, l'un, formé d'un coquillage monté or et argent, dauphin et serpent ; l'autre en argent : puits.

48 — Cachet-clef de montre, en argent et cristal, formant lanterne.

49 — Petit cachet formé d'une intaille nicolo : tête de femme, montée or Louis XVI.

50 — Broche formée d'anneaux en or supportant de petits globes de cristal de roche.

51 — Broche formée d'un émail Louis XIII : Rébecca et Éliézer, et d'un encadrement d'argent émaillé noir, enrichi d'émeraudes et de topazes roses.

52 — Broche ornée d'une miniature sur ivoire Louis XV : portrait de femme, encadrée d'argent doré et émaillé bleu.

53 — Broche en forme de double coquille en cristal de roche, enrichie de petites émeraudes et de grenats montés argent.

54 — Châtelaine en argent doré, à décor de rinceaux.

55 — Bonbonnière, de style Louis XVI, en cristal de roche ; pourtour en or de couleur ciselé.

56 — Deux bonbonnières : l'une lenticulaire en argent à couvercle formé d'un émail Louis XIII : bergers ; l'autre en agate montée argent, du xviiie siècle.

57 — Deux pièces : aigrette de Vierge en perles, du xviie siècle, et médaillon, émail : le Concert, entourage de perles.

58 — Miniature sur ivoire : les Bulles de savon. XVIIIe siècle.

59 — Miniature, grisaille : Sacrifice à l'hymen ; encadrée.

60-61 — Dix-huit croix d'ordres français et étrangers en or et argent.

62 — Quatre pièces, stras : boucles d'oreilles avec petit pendentif mobile au centre.

63 — Trente-sept boutons, argent.

64 — Sept pièces : six boutons, stras, et boucle, étain.

65 — Quatre pièces : montre en métal, à cadran émaillé, tabatière, cadran et boîtier de montre en cuivre.

66 — Deux pendentifs, l'un orné d'une Vierge, l'autre oriental, en métal.

67 — Deux boutons de manchettes en or.

68 — Montre en or Louis XVI, à boîtier guilloché.

69 — Quatre pièces : deux bagues en filigrane d'argent doré et pierres de couleur, et paire de boucles d'oreilles simulant des anneaux, argent émaillé et pierres.

70 — Deux pièces : petit lion couché en ivoire et soulier en plomb.

71 — Lot de camées et d'émaux.

72 — Lot d'écrins anciens en cuir doré.

73 — Bracelet en or, porte-bonheur plat.

74 — Bracelet en or, porte-bonheur, à torsade.

75 — Bracelet en or ajouré, enrichi de pierres de couleur séparées par des fleurs de lis en or.

76 — Face-à-main en or, s'ouvrant à ressort.

77 — Peinture sur cuivre : Tobie et l'ange. XVIIe siècle.

78 — Deux miniatures : l'une sur vélin : enfant en prières ;
l'autre ovale : buste de femme coiffée d'un chapeau de
paille.

79 — Lot de miniatures.

PORCELAINES ET FAIENCES

80 — Deux seaux, à décor de fleurs gaufrées sous couverte, ancienne porcelaine tendre de Saint-Cloud.

81 — Six pièces : deux plats et quatre assiettes en ancienne
porcelaine de Tournay, décor bleu : branches fleuries.

82 — Deux flacons à thé, à décor de fleurs, l'un d'eux à
fond jaune. Saxe.

83 — Légumier ovale, décor de fleurs, ancienne porcelaine
de Hoechst.

84 — Quatre tasses avec soucoupes, à décor de paysages,
ancienne porcelaine de Louisbourg.

85 — Six tasses avec soucoupes, décor de fleurs. Ancienne
porcelaine de Loosdrecht (Mol).

86 — Six assiettes creuses : fleurs, et marli gaufré. Porcelaine de Ginori.

87 — *Le Baiser*, de Houdon. Biscuit. Socle en marbre.

88 — Potiche avec couvercle en ancienne porcelaine de

Corée, décor de personnages et d'oiseaux en couleurs sur fond côtelé.

89 — Potiche avec couvercle, décor de rinceaux fleuris. Chine, famille verte.

90 — Bouteille, décor bleu et or : branches fleuries et oiseaux. Japon.

91 — Trois pièces, Chine et Japon : aiguière avec couvercle, potiche, décor de fleurs, famille rose, et petit vase-rouleau, décor de fleurs et lambrequins en rouge de fer.

92 — Six pièces : trois pots à lait, petit flacon à thé forme potiche et deux bouteilles. Chine.

93 — Deux théières avec couvercles en ancienne porcelaine de Chine, famille rose : fleurs.

94 — Douze pièces : cinq petits bols, un autre plus grand et six soucoupes en ancienne porcelaine de Chine, famille rose : rouleaux dépliés contenant des animaux.

95 — Quatre tasses avec soucoupes hexagonales en ancienne porcelaine de Chine, famille rose : fleurs, fond vermiculé et clathré.

96 — Six petits bols avec soucoupes en ancienne porcelaine du Japon, décor polychrome : fleurs.

97 — Plat en porcelaine de la Compagnie des Indes : femme et enfants.

98 — Plateau à bords droits et deux anses, décor bleu : paysage. Porcelaine de la Compagnie des Indes.

99 — Vase cylindrique avec couvercle, décor de fleurs. Porcelaine de la Compagnie des Indes.

100 — Bol en porcelaine, à décor de style chinois : fleurs.

101 — Carreau en faïence de Perse : palmettes. Encadré.

102 — Deux bouteilles, décor de bustes sur fond bleu chargé de fleurs. Castel-Durante.

103 — Deux rafraîchissoirs avec couvercles en faïence de Pesaro. XVIIIe siècle. Décor de fleurs.

104 — Plaque décorée d'une arcade en reliefs et de motifs rocaille en couleurs. Ancienne faïence de Milan.

105 — Plaque de forme contournée, décor en couleurs de style chinois : femme et haie fleurie. Ancienne faïence de Delft.

106 — Plaque ovale, décor bleu : sujet tiré de la vie du Christ. Ancienne faïence de Delft.

107 — Deux bouteilles en ancienne faïence de Delft, décor bleu de style chinois : personnages.

108 — Deux plaques, décor simulant une cage contenant un oiseau. Ancienne faïence de Delft.

109 — Plateau sur piédouche, décor bleu : animaux et fleurs. Delft.

110 — Deux bols, décor polychrome : fleurs. Delft. Pieds en bois.

111 — Deux cornets, décor bleu : personnages et fleurs. Delft.

112 — Plateau lobé, décor bleu de style rouennais. Ancienne faïence de Lille.

113 — Plat long, décor de corbeille de fleurs avec guirlandes et quadrillés au marli. Ancienne faïence de Rouen.

114 — Jardinière en ancienne faïence d'Aprey, décor de fleurs et petites hachures.

115 — Jardinière, forme demi-lune, en ancienne faïence de Sceaux, décor de guirlandes.

116 — Groupe, en ancienne terre de Lorraine, composé de six personnages dont un semble être Mirabeau. Époque révolutionnaire.

117 — Légumier avec couvercle et plateau, décor de fleurs. Strasbourg.

118 — Légumier avec couvercle en ancienne faïence de Strasbourg, décor au chinois.

119 — Plateau à deux anses, même faïence : fleurs.

120 — Porte-huilier, décor de fleurs ; même faïence.

121 — Deux assiettes en ancienne faïence de Marseille : paysages animés.

122 — Deux grands vases en faïence, style Urbino, à décor de personnages ; anses-sirènes.

123 — Deux vases décorés d'amours en blanc sur fond bleu. Biscuit de Wedgwood.

124 — Trois pièces : assiette en porcelaine de Saxe : dan-

seurs ; pomme de canne en ancienne porcelaine d'Allemagne, décor de fleurs, et chien assis, porcelaine italienne.

125 — Deux pièces : plat : personnage debout tenant un bâton, et aiguière en forme de botte. Faïence italienne du XVIIe siècle.

126 — Deux petites boîtes en forme de poules. Faïence portugaise.

127 — Compotier-coquille, décor feuille de chou et trophée, en ancienne porcelaine de Sèvres, pâte tendre.

128 — Quatorze pièces : douze couteaux à manches de porcelaine d'Allemagne et lames d'argent doré, et deux manches semblables.

129 — Vingt-six petites tasses avec soucoupes variées en ancienne porcelaine de Chine.

130 — Petite théière avec couvercle en ancienne porcelaine du Japon, décor bleu, rouge et or, fond bleu.

131 — Deux plats ronds en ancienne porcelaine du Japon, décor bleu, rouge et or : fleurs.

132 — Plat rond en ancienne faïence d'Urbino, atelier des Patanazzi : le passage de la mer Rouge ; revers orné d'amours, de mascarons et de figures symboliques.

133 — Deux pièces : petite écuelle en porcelaine de Chine et vase en ancienne faïence de Gênes.

134 — Plateau à bords ajourés, à décor vert. Fabrique de Custine.

135 — Deux pièces : assiette en ancienne porcelaine de Sèvres, pâte tendre, semée de pensées, et à bords gros bleu, et corbeille, porcelaine de Paris, à vannerie.

136 — Plat de forme contournée. Faïence.

137 — Trois assiettes, l'une, vieux Japon polychrome ; les autres en vieux Chine, famille rose, dont une octogone.

138 — Deux plats ronds à reflets métalliques, décor d'arabesques et d'oiseaux. Manissès.

139 — Bénitier, faïence. Strasbourg.

140 — Deux pièces : vase avec couvercle, décor bleu, rinceaux, Chine, et bol en porcelaine du Japon moderne : paysages.

141 — Canard en ancienne faïence de Bruxelles.

OBJETS VARIÉS

142 — Pendule religieuse, de style Louis XIII, plaquée d'écaille avec moulures d'ébène et garnitures de bronze doré.

143 — Pendule religieuse Louis XIII en bois garni de cuivre ; mouvement moderne.

144 — Cartel Louis XIII en cuivre repoussé ; mouvement moderne.

145 — Petit groupe en ivoire sculpté : Diane. XVIIe siècle.

146 — Jeu d'oie et de marelle en marqueterie de bois de couleur. XVIIe siècle.

147 — Deux paires de chenets en fer forgé, modèle à boules.

148 — Garniture de foyer : chenets, traverse, pelle et pincettes en fer forgé.

149 — Deux plateaux ronds à piédouche, en ancien cristal de Bohême, l'un taillé et gravé, l'autre uni.

150 — Autre plateau de même forme, en ancien cristal de Venise, marbré de verre blanc opaque.

151 — Sac de voyage d'homme, en maroquin anglais noir; garniture argent martelé, composée de sept flacons et boîtes; les brosses et autres accessoires en ivoire et acier. Maison Tonnel.

152 — Sac de voyage de dame, en cuir fauve, garniture argent de sept boîtes et flacons, les brosses en ébène. Maison Tonnel.

153 — Petit vase, forme urne, en pierre dure, sur pied rond en marbre rouge.

154 — Trois pièces : canne de tambour-major de la milice espagnole, tête à pans gravée, époque Empire, et paire d'éperons chiliens.

155 — Plaque en ancien émail peint de Limoges : le Christ crucifié. Encadrée.

156 — DRINGER. *Scène militaire.* Toile.

157 — LEWIS-BROWN (John). *Scène galante.* Aquarelle.

158 — SVELBACH. *Combat de cavalerie.* Lavis.

159 — Deux buires en verre de Bohême gravé ; monture en étain.

160 — Quatre verres à pied, décor de fleurs gravées.

161 — Deux pitongs cylindriques, bronze japonais : dragons.

BRONZES, MEUBLES

162 — Deux appliques Régence à une lumière, en bronze doré, à plateau forme coquille et douille simulant des flammes.

163 — Trois pièces : serrure Régence en bronze, à faisceau de baguettes et coquilles, et deux embrasses en bronze doré.

164 — Lustre en cuivre poli, à six lumières.

165 — Écran en noyer, feuille en tapisserie au point : page vu à mi-corps.

166 — Chaise en chêne sculpté, couverte en damas Louis XIV.

167 — Deux fauteuils, de style Louis XIV, en chêne sculpté, couverts en tapisserie au point : l'Automne et l'Hiver.

168 — Meuble en noyer sculpté, à deux **portes** ornées de figures allégoriques et incrusté de plaques de marbre, XVIe siècle, sur table-console à tiroirs de même style.

169 — Deux meubles, à hauteur d'appui, bois noir et bronzes, ornés de peintures sur la porte ; dessus de marbre.